파자마

Pajamas

파자마 *Pajamas*

발행일   2025년 12월 31일

지은이   노동우
펴낸이   손형국
펴낸곳   (주)북랩

출판등록   2004. 12. 1(제2012-000051호)
주소   서울특별시 금천구 가산디지털 1로 168, 우림라이온스밸리 B동 B111호, B113~115호
홈페이지   www.book.co.kr
전화번호   (02)2026-5777   **팩스**   (02)3159-9637

ISBN   979-11-7598-058-7 03810(종이책)   979-11-7598-059-4 05810 (전자책)

작가 연락처 문의 ▸ ask.book.co.kr

전용 게시판에 문의를 남기시면 저자에게 직접 전달됩니다.

(주)북랩 성공출판의 파트너

북랩 홈페이지와 SNS에서 다양한 출판 솔루션을 만나 보세요!

홈페이지 book.co.kr   •   **블로그** blog.naver.com/essaybook   •   **출판문의** text@book.co.kr
카톡채널 북랩

개정증보판

파자마

PAJAMAS

노동우 지음
by Dongwoo Noh

 북랩

머리말

나 같은 죄인에게 쏟으신
주님의 긍휼이
내 입에 노래를 주셨습니다.

그 은혜를 되새김하며
잊지 않으려고,

그리고
그 풍성하신 긍휼로 소성케 하실
상한 영혼을 바라보며

주님 앞에
이 고백을 올려 드립니다.

2025년 12월

파자마

Preface

God poured His pity

upon a sinner like me

and then gave me a song on my lips.

To not forget

I am ruminating on the grace.

Also

looking at broken spirit

that will received in plentiful pity

I give the Lord

my confession of heart.

December. 2025

차례

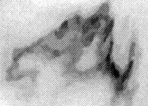

가리봉역

나는 인천에 삽니다.
서울역에서 전철을 탔습니다.

앞자리에 79세 노인과 젊은 청년이 앉아 있었습니다.
술이 약간 오른 듯 두 사람은 이런저런 얘기에 열중이었습니다.
노인은 아침에 종묘에 가서 하루를 보내고 집으로 가는 중이고,
청년은 매일 막걸리 두 말을 종묘로 가지고 가서,
 노인들에게 한 사발에 천 원에 다 팔고 집으로 간답니다.
노인은 평택에 젊은이는 안양에 산답니다.

전철이 구로역을 지나고 있었습니다.
저들은 구로역에서 천안행으로 전철을 갈아타야 하는데,
아는지 모르는지,
계속 대화에 열중이었습니다.
저러다 인천으로 가게 생겼습니다.

안내 방송이 나왔습니다.
"다음은 가리봉역!"

파자마

Garibong Subway Station

I live in In-cheon.

At Seoul Station, I got on a subway.

In the front seats of me, a 79 year old elder and a young man was sitting.

Slightly intoxicated, the two men were focused in their chatting.

The elder was on his way home from spending time at the shrine (Jong-Myo) since the morning.

The young man was on his way home from selling 36 liters of rice wine at the shrine to the elders at the cost of one dollar (1,000 won) per bowl.

The elder lives at Pyeong-Taek and the young man lives in Ahn-Yang.

The subway was passing the Ku-Roh station.

At that station, the two had to transfer into the train that goes toward Chun-Ahn line.

They seemed to not know it because they were enthusiastically into their conversation.

It looks like they will be going all the way to In-Cheon.

The train announced "The next stop is Gari-Bong Station!"

아차!
저들이 아니라 나의 실수였습니다.
전철은 인천행이 아니라 천안행이었습니다.

"나는 항상 내가 옳다고 살아 온 것은 아닐까?"

들으려 하기보다 말하려 하고
배우려 하기보다 가르치려 하고
나는 옳고 너는 틀리고
나는 완벽하고 너는 좀 부족하고….

혼자서 한참 허허 웃었습니다.
나도 그냥 그런 사람 중에 하나입니다.

파자마

My Goodness! It wasn't their fault,

it was mine.

The subway wasn't an In-cheon line, it was Chun-Ahn line.

"Haven't I lived thinking I was always correct?"

Instead of listening, I try to say first.

Instead of learning, I try to teach first.

I'm correct, you're wrong.

I'm perfect, you lack a little

I laughed alone for awhile.

I was one of the many people who thought like that.

그날

그날
그분이 내게 말씀하셨습니다.

"네가 선행이라고 여기는 것들도
내 앞에선 죄다"
라고.

"아니 네 존재 자체가 죄다"
라고.

사과나무에서 사과가 열리고
포도나무에서 포도가 열리듯,

그냥
죄에서 열리는 모든 것은
하나님 앞에는
죄에 불과한 것임을 알았습니다.

파자마

That day

That day
he spoke to me.

"A good deeds you consider are
a sin in front of me."

"No,
your existence itself is a sin."

Like an apple tree bearing an apple
and a grape tree bearing a grape.

In the same way
I noticed
that any bearing by a sin is no more than a sin
in front of God.

문제

세상은 내게
문제는 인간 조건이라 합니다.

외모가
성격이
건강이
학벌이
지위가
가난이
부모가
종족이
나라가

그래서
인간 조건을 바꾸면
모든 문제는 해결될 것이라고 합니다.

그러나
하나님은 "죄"가 문제라 하십니다.
예수님은 십자가에서 "죄"가 되어 죽으셨습니다.

파자마

Problem

The world is telling me that
the problem is the condition of a human being

Appearance

Personality

Health

Academics

Status

Poverty

Parents

Race

Nation

So
If the human being's conditions are altered,
the problem will be solve.

However
God says the problem of Human being is "the Sin".
And Jesus died on the cross as "the Sin".

그래서
예수님을 그리스도로 믿고
예수님을 삶의 주인으로 모신 사람에게는
더 이상
인간 조건은 문제가 아닙니다!

파자마

So

To people who believe Jesus is the Christ
and receive Him as the owner of life,
the human being's condition is not the problem
anymore!

죄, 죄인과 범죄

죄.
자기를 삶의 주인으로 여기는 상태.

죄인.
자기를 삶의 주인으로 여기는 사람.

범죄.
자기 마음(눈)에 좋은 대로 하는 행위.

Sin, Sinner and Crime

Sin.

the state considering oneself as the owner of Life.

Sinner.

the person considering oneself as the owner of Life.

Crime.

the behavior acting whatever oneself wants.

거룩한 유혹

그분이 내게 말씀하셨습니다.
"나는 너의 구원자요 하나님의 아들이다"라고.

그분은
정직
신실
긍휼
희생
그리고
부활하셨습니다.

그분은
나를 결코 훔치고 죽이실 분이 아니고
내 생명을 구원하시고 더 풍성케 하시는
나의 구원자이시요
내 삶의 주인이심을 깨닫게 하셨습니다.

"오!
나의 구주!
나의 주님!
이제부터 주님과 사람 앞에
주님처럼 살게 하소서!"

파자마

Holy Temptation

He spoke to me.

"I am your savior, you are a child of God."

He is for me,

honest

faith

mercy

sacrifice

and

resurrected.

He

didn't risk me, steal me, and kill me,

saved me and enriched my life.

He is my Savior.

He helped me realize that he is my life's owner.

"Oh,

my Savior!

My God!

From now on,

please let me live like you in front of people!"

중보자

하나님과 나 사이엔
그리스도께서 계십니다.

그래서
하나님은 내게서 그리스도를 보십니다.

너와 나 사이엔 그리스도께서 계십니다.

그래서
나는 너에게서 그리스도를 봅니다.

파자마

Mediator

Between the relationship of God and me,
Christ resides.

So
God looks at me like he would look at Christ.

Between the relationship of you and me,
Christ resides.

So
I look at you like I look at Christ.

다리

하나님께 갈 때
예수님의 이름으로 갑니다.

너에게 갈 때
예수님의 이름으로 갑니다.

오!
귀하신 그 이름!
예수!
나의 구주!
나의 주님!

파자마

The Bridge

While going to God
I am going in the name of Jesus.

While going to you
I am going in the name of Jesus.

"Oh,
how honorable your name is!"
"Jesus!"
"My Savior!"
"My Lord!"

일

나는 병원에 출근하였습니다.
주님이 출근하셨습니다.

환자들이 왔습니다.
주님이 오셨습니다.

나는 환자들을 진료하였습니다.
주님이 주님을 진료하셨습니다.

주님은 내 안에 계십니다.
주님은 환자들 안에 계십니다.

이제 우리가 사는 것 아니요.
주님께서 우리 안에 사시는 것입니다.

주님은 만유이십니다.

파자마

The Job

I have gone to work at the hospital.
The Lord has been too.

The patients have arrived.
The Lord has arrived.

I have treated patients.
Lord has treated himself.

The Lord resides in me.
The Lord resides in the patients.

Now, we don't live.
The Lord lives in us.

The Lord is the all of all.

담쟁이 넝쿨

살아 있으나 죽은 것이 있고
죽은 것 같으나 산 것이 있네.

담벼락에 붙은
가느다랗게 말라죽은 듯한
담쟁이 넝쿨에서
아가의 눈과 손가락 같은 잎이 돋네.

주님 없으면 죽은 것이고
주님 계시면 영생일세.

오!
나의 귀하신 주님!

파자마

Ivies

It looks like a live thing, but it is a dead thing.
Although it seems dead, yet it is alive.

There are ivies which stuck on the surface of a wall,
and seem like skinniness and dead.
From them
sprout leafs like a baby's eyes and fingers.

If there is no Lord, it's dead.
If the Lord exists, it's eternal life.

"Oh,
my precious Lord!"

예수님!

나의 기쁨!
나의 노래!
나의 찬양!

오!
귀하신 주님!

파자마

Jesus!

My joy!
My song!
My praise!

"Oh,
honorable Lord!"

가치

아파트 담장 안
사람의 손과 눈길이 닿지 않는 구석
작은 풀에 꽃이 피었습니다.

점처럼 작은 벌레 한 마리가
꽃 속에 있습니다.

존재하는 모든 것은
주님으로부터 와서
그분의 목적을 따라 생명이 피어납니다.
심겨진 그 자리에서.

나도
그 가운데 하나입니다.
그분 앞에서
존재의 의미가 소중합니다.

파자마

The Value

Inside the apartment's fence
where no human's finger and eye has ever reached a flower
has bloomed in a small patch of grass.

A bug as small as a dot is
inside the flower.

Everything existing
comes from the Lord.
Following His purpose, life is ascended
from the very spot it was planted.

I am also
 one of them.
In front of him,
the meaning of existence is important.

암

암은
나를
죽음으로 끝낸다
합니다.

주님은
죽음으로
영생을 시작한다
하십니다.

파자마

The Cancer

Cancer

says

it

ends me

with death.

The Lord says

death

starts me with eternal life.

무덤

등산로 옆에 무덤이 있습니다.

산 중턱
앞이 탁 트인
좌우의 산이 새 날개처럼 펼쳐진 곳에.

봉분은 잔디가 잘 다듬어졌고
주변엔 아담한 향나무가 원을 이루었고
양 앞쪽에 묘비석이 서 있고
정면엔 대리석 상석이 있습니다.

아름답고 평안해 보입니다.

사람들은 무덤을 마치 살아있는 사람 대하듯 합니다.

사실
그곳에는
썩음, 허무와 두려움

그리고
추억이 있을 뿐입니다.

파자마

Tomb

Next to the climbing road there is a tomb.

It's in the middle of the mountains
where the front view is open
and where right and left mountains are spread like bird's
wings.

The mound is cleaned up with trimmed grass.
The Chinese aromatic trees is surrounding it in a circle. Both
fronts had tombstones standing on them.
On the direct front of it, there is a marble honoring table.

It looks beautiful and peaceful.

People treat the tomb as if it's an alive human being.

As a matter of fact, at that place
there are decay, emptiness, fear

and
only memories.

장례식장

그는 암에 걸렸습니다.
예수 그리스도를 전했습니다.

그는 믿지 않았습니다.
그는 세상을 떠났습니다.

"그는 지옥에 갔습니다.
당신은 살았을 때 예수 믿으십시오."
"그는 암의 고통에서 벗어났습니다.
그는 삶의 고난에서 안식했습니다."

나는 사실을 말하지 않았습니다.
나는 거짓을 말하지 않았습니다.

나는 사람의 눈치를 보았습니다.
나는 주님을 사랑치 않았습니다.

파자마

Funeral home

He has cancer.

I preached Jesus Christ.

He didn't believe Him.

He passed away.

"He went to hell.

"Believe in Jesus while you live."

"He is free from cancer.

"He rested from the hardships of life."

I didn't tell the truth.

I didn't lie.

I looked into people's eyes.

I did not love the Lord.

죽음

예수 그리스도
우리 주님 안에서

죽음은 쉼
죽음은 자유입니다.

하루라는 시간이 다 되면 일을 놓고 쉬듯.

죽음은 잠
죽음은 문입니다.

아침 오면 깨어
다음 날의 삶을 시작하듯.

예수 그리스도
우리 주님 다시 오시는 날에

영생
온전함
거룩함으로
다시 삶을 시작하기에.

파자마

The Death

In Jesus Christ
Our Lord

Death is rest
Death is free.

Like how we rest after all day's work,

Death is a sleep
Death is a door.

Like how we wake up in the morning a
nd start our day,

On the day
Jesus Christ our Lord will come again

In eternal life,
perfection
and holiness
our life will start again.

주님의 길

주님은 체포되셨습니다.
나는 도망쳤습니다.

주님은 이스라엘 왕이라 하셨습니다.
나는 그분을 모른다 하였습니다.

주님은 십자가를 지고 가셨습니다.
나는 아무것도 지지 않았습니다.

주님은 죽으셨습니다.
나는 살았습니다.

주님은 무덤에 장사 되셨습니다.
나는 살아 있습니다.

주님은 다시 살아나셨습니다.
나는 죽었습니다.
그리고
나는 다시 살아났습니다.

파자마

The Lord's Road

The Lord was arrested.
I ran away.

He said, he is the Israel's king.
I said I don't know that person.

The Lord left carrying a cross.
I didn't hold anything.

The Lord died.
I lived.

The Lord was buried in a tomb at a funeral.
I am living.

The Lord resurrected from the death to life.
I died with him,
and
then in Him I was brought back to life.

거룩한 순종

나는 하나님이 행하실 때 종종 따지려 합니다.
결과를 계산하고,
왜냐고 묻고,
이해시키려 하고,
협상을 하려 합니다.

아브라함은 하나님이 이삭을 바치라 하셨을 때
아무 말 없이 행하였습니다.
이삭은 아버지의 손으로 묶여 제단 위에 있을 때
아무 말 없었습니다.
예수님은 십자가에 달려 죽으실 때 그냥 달리셨습니다.
순종의 사람들이 그들의 삶과 역사 속에 행하신
하나님의 이해할 수 없는 행사를
예수님처럼 그냥 말없이 죽기까지 받아들였습니다.

얼마나 하나님께 할 말들이 많았을까?
불평, 원망, 분노, 따지고, 거부하고, 마침내 저주하고
자기의 생각을 합리화하는 신학을 만들어
다른 신을 만들기까지 할 만한 그때.

Holy Obedience

When God has been doing something to me, I have tried to complain.
I calculate, ask why, try to make it understandable,
and try to come to an agreement with the result.

When Abraham was told to offer Isaac to God,
he obeyed without a word.
When Isaac was tied by his father's hands on top of the alter,
he didn't say anything.
When Jesus was crucified on the cross,
he just hung there.

Just like Jesus did,
the obedient people just accepted the clueless performance of God
without a word until their death.

How many words would they have liked to say to God?
Complaining, having grudge, being angry, questioning,
refusing, and cursing.
At the time they were making their thought as rationalized
theology
and making other God...

하나님의 자녀임에도 불구하고
생활이 힘들어지고 관계가 뒤틀리고
불치의 병이 들고 불의의 재난을 겪을 때

바로 그때.

오!
거룩하시고 신실하신 나의 주인이시여!
제 삶 속에 행하시는 주님의 손길과 말씀
바로 그곳에.
제가 그냥 거룩한 순종으로 있게 하소서!

파자마

In spite of being God's children,

at the time when life was getting hard

and twisted with diseases and unfortunate mishaps.

Right at that time.

Oh! My holy, and faithful Lord!

In my life, where doing by Lord's touch

and words is right there

simply let me be

with holy obedience!

신굴기

주님을 '신'뢰하라.

주님께 '굴'복하라.

주님을 '기'다리라.

파자마

T.S.W

'T'rust in the Lord.

'S'urrender to the Lord.

'W'ait on the lord.

엇박자

나는 하나님의 은혜로
세상에서 아픔 없는 삶을 살기 원합니다.

그러나
주님은 하나님의 뜻을 따라
세상에서 아픔 많은 삶을 사셨습니다.

나는 하나님의 은혜로
세상에서 인정받는 삶을 살기 원합니다.

그러나
주님은 하나님의 뜻을 따라
세상에서 버림받는 삶을 사셨습니다.

그리고
주님을 따르려면
주님 계신 곳에 있으라 하십니다.

오!
주님!
오직 주님만을 바라보게 하옵소서!
오직 주님 가시는 길로 가게 하소서!

파자마

A Contrary Rhythm

By God's grace
I want to live a life in the world without pain.

However
the Lord according to God's will
lived in the world with full of pain.

By God's grace
I want to live a recognized life in the world.

However
The Lord according to God's will
lived a abandoned life in the world.

And
He tells us to stay where He is
if we follow Him,

Oh!
God!
Let me only look at you!
Let me only go on the road where you went on!

눈물

나는 가난해서 웁니다.
주님은 내가 부자라 우십니다.

나는 병들어서 웁니다.
주님은 내가 강해서 우십니다.

나는 낮아져서 웁니다.
주님은 내가 높아져서 우십니다.

나로 살지 않고
주님으로 살게 하소서!

파자마

Tears

I cry because I am poor.
The Lord cries because I am rich.

I cry because I am sick.
The Lord cries because I am healthy.

I am humbled and cry.
The Lord cries because I am exalted.

Without living as myself
Let me live by the Lord!

흉로

경청은
너를 이해하는
통로입니다.

침묵은
하나님의 음성을 듣는
통로입니다.

순종은
하나님을 만나는
통로입니다.

파자마

Pathway

Listening
is a pathway
to understand yourself.

Silence
is a pathway
to hear God's voice

Obedience
is a pathway
to meet God.

선택

삶은 선택의 연속입니다.

"나는 그 사람을 모릅니다."

나는
주님을 모르는 사람처럼
선택을 합니다.
그래서
슬피 웁니다.

내가 누구이든
나를 아는 이는 오직 주님뿐.
나는 당신의 것입니다.

오!
나의 주님!

파자마

The Choice

Life is on a way of continuation of choice.

"I don't know that person."

I have taken a choice like someone
who doesn't know the Lord .
So,
I cry sadly.

No matter who I am
One who knows me, is only Lord himself.
I am yours.

"Oh,
my Lord!"

그리움

나야.
응.

잘 지내지?
그랬구나.
나도.

건강은 어때?
잘 챙겨야지.
괜찮아.

보고 싶네.
그러자.

그럼 잘 있어.
응.

파자마

The Yearning

It's me.
Yeah.

How have you been?
Oh I see.
Me too.

What about your health?
You have to take care.
It's okay.

I miss you.
Okay, let's.

Take care,
Okay.

인연

떠난 후에야
보여지는 넓은 비인 자리

비록
아픔이고 짐이라 여겨져도
떠난 후에야 알게 되는 함께 있음의 소중함.

그리고
모든 것을 품에 안고
모든 것을 사랑하지 못했던.
이제는
돌이켜 어떻게 할 수 없는 안타까움.

그래서
지금 있는 이들과 함께 있음의 소중함.

너의 모든 것을 품고
나의 모든 것으로 너를 안아야지.

그것이 너를 향한 주님의 사랑,
그것이 나를 향한 주님의 사랑.

파자마

The Destiny

The big emptiness shows
after it leaves.

Even though
it feels like pain and burden,
the importance of being together shows after it leaves.

And
Regrettable thought
for not getting everything into the bosom,
not loving them,
and not returning back, and then not handling.

So
this is a precious time being together.

I will carry everything of yours in my bosom.
and embrace you with all of my everything.

That is God's love toward you.
That is God's love toward me.

주님의 침묵

주님이 아무 말씀 안 하신다구요?
주님의 말씀은 온 우주에 가득합니다.

주님의 말씀이 들리지 않는다구요?
주님은 심령 깊은 곳에서 말씀하십니다.
다만
순종하지 않을 뿐입니다.

불순종이
나를 귀머거리로
주님을 침묵을 즐기는 분으로 오해하게 합니다.

오!
주님!
나로 순종의 길 가게 하소서!

파자마

The Lord's Silence

Is the Lord not saying anything?
However the Lord's words are filled all around the world.

Don't you hear His words?
The Lord speaks in the deep spirit.
It's just not that obedient.

The disobedience
makes me seem like a deaf person,
and makes me misunderstand that the Lord enjoys the
silence.

Oh!
Lord!
Please lead me to the way of obedience!

바보(1)

주님은 세상에서 바보로 살라 하시네.

때리면 맞고, 더 맞고
달라면 주고, 더 주고
가자면 가고, 더 가고
저주하면 축복하고
모욕하면 기도하라고.

주님은 정말 세상에서 바보로 살라 하시네.

그것이 주님의 길,
그것이 제자의 길,
그것이 영광의 길.

그것이 정말 똑똑한 바보의 길이라고.

파자마

A Fool(1)

The Lord says to live life foolishly.

If one hits, then get hit more.
If one requests , then give more.
If one asks to go, then go more.
If one curses, then bless.
If one insult, then pray.

The Lord says to live life really foolishly.

That's the road of the Lord.
That's the road of a disciple.
That's the road of glory.

That's a road of a real smart fool.

바보(2)

세상은 더 많이 가지라 하네.

지식도
권력도
명예도
재물도
건강도

그래야 평안할 것이라 하네.

주님은 더 많이 버리라 하시네.

어리석도록
약하도록
천하도록
가난하도록
연약하도록

그래야 평안할 것이라 하시네.

버린 만큼 주님으로 채우시니!

파자마

A Fool(2)

The world says to have more.

Knowledge

Power

Honor

Goods

Health

And then it will be peaceful.

The Lord says to throw away more.

Throw away to be a fool.

Throw away to be weak.

Throw away to be humble.

Throw away to be poor.

Throw away to be weak.

And then it will be peaceful.

Because the more you throw away,

the more the Lord will fill it all up!

준비

세상은 준비된 사람을 택합니다.
그의 스펙을 봅니다.

주님은 사람을 준비시키십니다.
그의 순종을 보십니다.

파자마

Preparation

The world chooses prepared people.

Look at the person's specifications.

The Lord prepares people.

He sees the person's obedience.

제자의 길

주님을 따른다는 것은
자아에 대한
절대포기와
주님께 절대복종의
삶입니다.

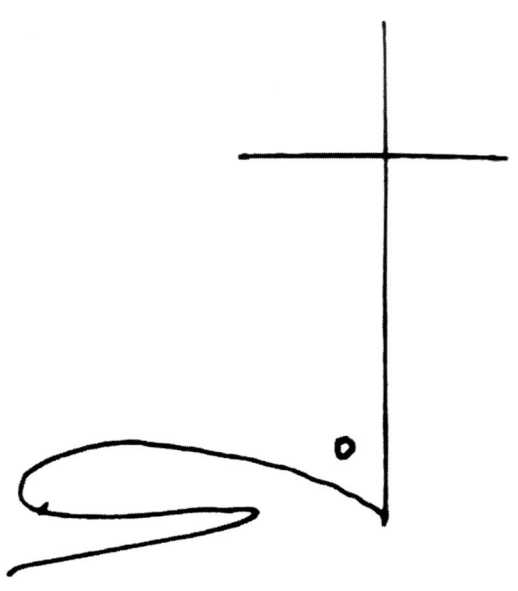

파자마

The Disciple's Road

Following the Lord

is

one self's abandonment

and

a surrender to the Lord.

십자가

예수님 십자가에는
나의 죄가 있습니다.

예수님 십자가에는
나의 저주가 있습니다.

나의 십자가에는
주님의 평강이 있습니다.

나의 십자가에는
주님의 고난이 있습니다.

파자마

Cross

In Jesus' cross
There is my sin.

On the cross of Jesus
There is my curse.

On my cross
There is the peace of the Lord.

On my cross
There is the suffering of the Lord.

주어

이전엔
"내가"였습니다.

이젠
"주께서"입니다.

파자마

The Subject

Before the former days
It was "me."

Now,
It's "Lord."

내일

주님은
내일 일이
주님께 속해 있다 하십니다.
나는
내일 일이
내게 속해 있다 합니다.

주님은
인생이
주님의 뜻에 있다 하십니다.
나는
인생이
내 뜻에 달렸다 합니다.

주님은
나를 책임지신다 하십니다.
나는
나를 책임지려 합니다.

주님은
내게 평안을 주십니다.
나는
내게 불안을 줍니다.

파자마

Tomorrow

The Lord said
tomorrow's work
belongs to Him.
I said
tomorrow's work
belongs to me.

The Lord said
life is
in His will.
I said
life relies
on my will.

The Lord said
he will take responsibility for me.
I am
trying to take responsibility for myself.

The Lord
gives me peace
I
give myself fear.

값

주님은
가장 비싼 값을 주고 나를
사셨습니다.

나는
가장 싼 값을 주고 주님을
받아들였습니다.

파자마

The Price

The Lord
paid an enormous amount of money
and bought me.

I
didn't pay any amount of money
and accepted Him.

까불어

내가
느낄 수 있는 것보다
느끼지 못하는 것이 더 많이 존재한다.
내가 아는 것보다
알지 못하는 것이 더 많다.

그래도
나는 내가 느끼고 아는 것이
전부인 줄 알고 까붑니다.

모든 것을 아시는 분은
오직 주님뿐.
주님 발아래 엎드립니다.

파자마

Act Rashly

Rather than things
I feel
there are more things I don't feel in existence.
Rather than things
I know
there are more things I don't know about in existence.

But
I think
the things I feel and know are all there is,
and
I act rashly.

The person who knows everything is only
the Lord.
I bow down at the Lord's feet.

건방져

주님이
주인이시고
나는 종입니다.
그런데도
나는 습관처럼 내 마음대로 하려 합니다.

주님이
목자시고
나는 양입니다.
그런데도
나는 습관처럼 내가 책임지려 합니다.

오!
나의 주님!
나의 목자!
예수님!

파자마

Arrogance

The Lord is my owner
and
I am his servant.
but even so,
I always have wanted to do things according to my way.

The Lord is the shepherd
and
I am his sheep.
But even so,
I always have used to take charge of myself.

"Oh!
My Lord!
My Shepherd!
Jesus!"

자유

나는
하나님께
"자유"를
달라 합니다.

내 마음대로 행할 수 있는
"자유"를.

하나님은
나에게
"나도 너로부터 자유해도 좋으냐?"
하십니다.

"너와 세상을 돌보지 아니해도 되는."

하나님은 엘로힘!
무엇이나 그 마음대로 하실 수 있는 전능하신 창조주!

그럼에도
하나님은 여호와!
모든 것을 언약대로 이루시는 전능자!

파자마

Freedom

I am telling
God
to give me
"Freedom".

Freedom
that I can act whatever I please.

God asks
me
"Do you like for me to have Freedom from you?"

"Not to take care of you and the world?

God is "Elohim!"
He is the Almighty Creator that can do whatever He wants.

However,
God is "Jehovah!"
He is the Almighty God that accomplishes according to his
covenant.

사랑하심으로 인하여,
신실하심으로 인하여,

언약 안에 스스로
"자유"를 제한하셨네.

오!
신실하신 하나님!
오!
사랑의 하나님!

파자마

Due to love,

Due to Faith,

In Covenant,

Himself restricted "Freedom".

Oh!

faithful God!

Oh!

God of Love!

탓

나는 그 사람을 탓합니다

주님은
"내가 하였다"
하십니다.

나는 내 환경을 탓합니다.

주님은
"내가 하였다"
하십니다.

파자마

The Blame

I blame him.

The Lord
says
"I did it."

I blame my environment.

The Lord
says
"I did it."

어떻게

네가 아니고
내가 문제고

네가 아니고
내가 변해야 하고

그리되려면
내가 다시 태어나야 한다는 것!

다시 태어나지 않으면
하나님의 나라를 볼 수 없다는 것!

영으로 살지 않으면
하나님 나라를 누릴 수 없다는 것!

오!
내 주의 성령님!
나를 이끄소서!

파자마

How

It's not you
but I have a problem.

It's not you
but I have to be changed.

To be like that,
I have to be born again!

Unless being born again,
no one can see the kingdom of God!

Unless living by spirit,
no one can enjoy the kingdom of God!

Oh!
the Spirit of my Lord!
lead me please!

도대체

나는 원망합니다.
주님이
모든 것을 하셨다 하십니다.

나는 불평을 합니다.
주님이
모든 것으로 선을 이룬다 하십니다.

나는 지쳐 갑니다.
주님이
지금 오시는 중이라 하십니다.

오!
주님!
어서 오시옵소서!

파자마

What in the World

I regret.
The Lord
has done everything.

I complain.
The Lord
can accomplish everything into goodness.

I am getting exhausted.
The Lord is
on his way to me.

"Oh!
Lord!"
"Please, hurry!"

일상

우연으로 알면
모든 일이 무의미한 것 같고.

필연으로 알면
모든 일이 의미가 있음을 압니다.

주님이라는
그 이름 안에서
모든 일은 필연입니다.

비록
너무 싫고 힘들어 될 수 있으면 피하고 싶은 일들이
내게 두신 하나님의 선하고 온전한 작정을 이루시기 위하여
꼭 필요한 일인 것을.

오!
하나님!
모든 것을
행하시며 주관 섭리 성취하시는
나의 하나님!

파자마

Daily Routine

If I know it by fortuity
It seems like everything is meaningless.

If I know it by inevitability,
then I know there will be a purpose for everything.

In the name of God
as The Lord
everything is a necessary process.

Even though
I want to run away from the difficult situations that I dislike,
in fact they are necessary
to accomplish His good and perfect plan for me.

Oh!
God!
superintending, taking care, and accomplishing everything!
My God!

마음 상점

여러 가지 마음 중 하나만 가질 수 있다면,

비판하는 마음.
정죄하는 마음.
원망하는 마음.
불평하는 마음.
시기하는 마음.
탐욕의 마음.
교만의 마음.
무관심의 마음.
사랑의 마음.
감사의 마음.
긍휼히 여기는 마음.
겸손의 마음.

나에게 모든 존재를
긍휼히 여기는 마음을 주십시오.

파자마

The Heart Store

If I could pick one out of the various hearts, I would like,

Criticizing heart.

Purifying heart.

Regretting heart.

Discontent heart.

Jealous heart.

Greedy heart.

Arrogant heart.

Unconcerned heart.

Love's heart.

Thankful heart.

Compassionate heart.

Modest heart.

Give me the heart that is compassionate about everything in existence.

온전한 믿음

순결한 믿음 주소서.
주님만 신뢰하는 믿음입니다.

순수한 믿음 주소서.
아무 조건 없는 믿음입니다.

절대적 믿음 주소서.
의심 없이 신뢰하는 믿음입니다.

파자마

Complete faith

Give me chaste faith.

It is a faith that only trusts in the Lord.

Give me pure faith.

It is unconditional faith.

Give me absolute faith.

It is a faith that trusts without doubt.

목자

예수님
내 주님이시니
어느 때나 기쁘고
무슨 일에도 감사드리네.

주님은 나의 목자시니,
내게 부족함이 없으리다!

파자마

The Shepherd

Jesus

is my Lord.

So I am joyous always.

whatever happens,

I am thankful.

The Lord is my Shepherd,

I shall not be in want!

비나이다

나 좋아하는 것
주님도 좋아하시고

나 있는 곳에
주님도 계시고

나 행하는 대로
주님도 행하셔서

주님 좋은 대로 마옵시고
나 좋은 대로 이루소서.

파자마

The Begging

What I like
the Lord likes too,

Wherever I am
the Lord is too.

Whatever I do
the Lord does too so,

Instead of doing whatever you like,
please do what I like.

기도

주님 좋아하시는 것
나도 좋아하게 하시고

주님 계신 곳에
나도 있게 하시고

주님 행하시는 대로
나도 행하게 하셔서

나 좋은 대로 마옵시고
주님 좋으신 대로 이루소서.

파자마

A prayer

What the Lord likes
he makes me like it too.

Wherever the Lord is
he has me be there too.

Whatever I do
the Lord does he lets me do too.

Instead of doing whatever I like,
please do whatever you like.

만유

보이는 모든 존재에서
주님의 얼굴을 보게 하시고

들리는 모든 소리에서
주님의 음성을 듣게 하시며

되어가는 모든 일들에서
주님의 손길을 느끼게 하소서!

파자마

All

In all visible things existing,
Let me see the Lord's face.

In all things heard,
let me hear the Lord's voice.

through all working things in progress,
let me feel God's outstretched hand!

통찰

이슬방울에서 바다를,
풀 한 포기에서 숲을,
갓난아이에게서 어른을,
작은 일에서 역사를 보게 하소서!

바다에서 이슬방울을,
숲에서 풀 한 포기를,
어른에서 갓난아이를,
역사에서 작은 일을 보게 하소서!

모든 존재에서
모든 일에서
여호와!
우리 하나님을 보게 하소서!

파자마

The Insight

Let us see

an ocean from a dewdrop,

a forest from a plant,

an adult from an infant,

and

history from small matters!

Let us see

a dewdrop from an ocean,

a plant from a forest,

a plant from a forest,

an infant from an adult,

and

small matters from history!

Let us see

Jehova our God

from every existence,

and from every matter!

상처

주님은 도마에게
손바닥의 상처를 보여주십니다.

주님은
그 상처 때문에
도마를 사랑하셨습니다.

나는
내 마음의 상처를 바라봅니다.

나는
그 상처 때문에
그를 사랑하지 못합니다.

파자마

An injury

The Lord showed
the injuries on this hands to Thomas.

The Lord,
because of the injuries,
loved him.

I
stand looking at an injury in my heart.

I
can't love that person.
Because of my injury,

선물

고난이라는
포장 속에 담긴
주님의 선물들.

오!
놀라운 주님의 지혜여!

파자마

A Gift

The wrapping of hardship

is

inside God's gift.

Oh!

How surprising is your wisdom!

날씨

장마가 시작될 것이라 합니다.
그러나
비는 오지 않습니다.
무더운 날씨에 사람이 죽기도 합니다.

오늘
소나기가 왔습니다.
날씨가 금방 시원해졌습니다.
홍수에 사람이 죽기도 했습니다.

너무 비가 오지 않아도 큰일
너무 비가 많이 와도 큰일.

사람이 할 수 있는 일이
얼마나 미약한 것인가 생각게 됩니다.

그리고
주님 앞에 겸손히 옷깃을 여미게 됩니다.

오!
전능하신 창조주 하나님!

파자마

A Weather

It seems like it is going to be the rainy season soon.

But

the rain does not come.

Some people die in a hot weather.

Today

it showered.

The weather quickly became cool

Some people die in a flood.

It is a big trouble

if it does not rain or rain a lot

I thought of how weak

the capability of people's work is.

And

before God, in a modest way I adjust my collar.

Oh!

Almighty Creator God!

불꽃놀이

어둠이
깊을수록

불빛은
더욱 빛납니다.

어둠이
깊을수록

불빛은
더욱 아름답습니다.

파자마

Fireworks

The deeper darkness
gets,

Brighter
the light shines.

The deeper darkness
gets,

More beautiful
the light becomes.

비로소

그가 그리되기 전까지,

내가
보고 듣고 생각하며
말하고 숨 쉬며
먹고 마시며
만지고 느끼며
눕고 일어나 소·대변을 보고
가고 싶은 대로 갈 수 있는
일상생활이
특별히 하나님의 은혜라고
의식하며 살지는 않았습니다.

그러다

그가
병(폐암)이 들고
병(전이암)이 깊어 눕게 되었습니다.
그리고
숨 쉬는 것조차 힘들어 호흡기를 써야 했고
존재하는 것 자체를 힘들어했습니다.

파자마

For the Fist Time

Before He became like that,

I
wasn't aware in my life that
every things, such as
seeing, hearing, thinking
talking, breathing
eating, drinking touching, feeling
lying down, standing up, going to the restroom
and going the places where I wanted to
in everyday life
were specially for God's grace.

By the way

she
got lung cancer
and had to lie down because it got worse.
And
she had to use artificial respirator because breathing was hard,
and felt difficulty of living itself.

마침내
새벽에 그의 영은 그 힘들어했던 몸을 떠났습니다.

비로소
나는 그 작은 일상조차 하나님의 돌보심의 은혜라고
고백했습니다.
모든 것이 예수 그리스도 예수 안에서 하나님의 은혜라고.

파자마

At last

at dawn, his soul left from the body in hardship

For the first time

I confessed

that those such small daily things were God's grace of taking

care

and that everything is God's grace in Jesus Christ.

착각

내게 좋으니
주님께도 좋고

내게 영광이니
주님께도 영광이라는.

파자마

An Optical Illusion

To me it's good.

And

to the Lord, it's also good.

To me it's honor.

And

to the Lord, it's also honor.

진실

내가 성공이라고 여기는 것이
주님 앞에선 실패일 수도 있고

내가 실패라고 여기는 것이
주님 앞에선 성공일 수도 있다는.

파자마

The Truth

What I think is succeeding

Can be a failure in the eyes of the Lord.

And

what I think is failing

Can be succeeding in the eyes of the Lord.

우상

아들에게 물었습니다.

"아들아!
소유가 목적이니?
존재가 목적이니?"

두 부류 1
"외모를 보는 사람.
내면을 보는 사람."

두 부류 2
"소유의 정도에 가치를 두는 사람.
존재 자체에 가치를 두는 사람."

두 부류 3
"자기가 삶의 주인으로 사는 사람.
하나님이 삶의 주인으로 사는 사람."

때때로
외모로 예단하고
소유에 마음 뺏기고
내가 삶의 주인인
나를 발견합니다.

실은
나 자신에게 물은 것입니다.

파자마

Idol

I asked son.

"My son!
Is ownership your purpose?
Is existence your purpose?"

Two categories 1
"Person that sees appearance.
Person that sees the innermost."

Two categories 2
"Person that values the possession
Person that values the existence itself."

Two categories 3
"Person that lives by oneself as the owner of life Person that
  lives by God as the owner of life."

I lost the mind in possession
and predicted by appearance,
I discovered
that I am the owner of my life.

Actually it's a question I asked myself.

숭배

아무리
고상하게 치장하고
고상하게 말해도

결국
세상은 지금 돈을 추구하는
우상의 시대 같습니다.

슬프게도
돈이 부족하면 초초해하고
돈이 여유 있으면 평안해하는,

내 안에서
돈을 의지하는 나를 봅니다.

나의 구주!
나의 주님!
이런 나를 불쌍히 여기소서!

파자마

Worship

No matter how
highly decorating
and talking,

In the end
the world is now an age of idol
that pursues money.

Sorrowfully,
having less money feels uneasiness
having more money feels peaceful.

Inside me,
I am looking at myself relying on money.

My Savior!
My Lord!
Please have pity on such me!

어리석음

가난하였습니다.

돈이면
모든 것을
다 할 수 있을 것 같았습니다.

정신없이
돈을 벌었습니다.

부자가 되었습니다.

이제
내 원하는 대로
평안한 삶을 누리리라 생각하였습니다.

바로 그날
그는 죽었습니다.

파자마

Foolishness

He was poor.

He thought
he can achieve everything
with money.

Busily
he earned money.

He became rich.

Then
he thought he can enjoy a comfortable life
he wanted to.

Just
that day he died.

안전교육

세상은 가르칩니다.

함부로 먹지 말아라.
따라가지 말아라.
열어 주지 말아라.
믿지 말아라 반드시
확인해 보아라.

그래야
안전할 것이다.

호신술을 배워라.
호신기구를 지녀라.
방범시설을 갖춰라.

그래야
안전할 것이다.

그러나
주님은 말씀하십니다.

"나를 신뢰함이 너의 안전이다."

파자마

Safety Education

The world teaches.

Do not thoughtlessly
eat,
follow,
open,
believe,
and
make sure you confirm.

Therefore
you will be safe.

Learn self defence.
Carry self defending materials.
Set up a crime preventing system.

Therefore
you will be safe.

However
God says.

"Your safety is to trust me"

웰빙

브리태니커 사전에 의하면

웰빙은
육체와 정신의 조화를 통해
행복하고 안락한 삶을 지향하는 삶의 유형이라
정의합니다.

그래서
세상은
웰빙의 삶을 추구하며 누리라고 여러 가지 가르칩니다.

신선하고 균형 잡힌 음식으로
규칙적인 운동과 생활 습관으로
편리하고 아늑한 집으로
푸른 산과 맑은 물과 깨끗한 공기로
적당한 건강식품과 영양제들로
요가 명상 참선 종교로
심지어
각종 성형수술로 외모를 고침으로까지.

파자마

Wellbeing

Based on Britannica dictionary

Wellbeing is
the stated as a type of life
toward being happy and comfortable life
by harmonizing the body and spirit,

So
the world is
teaching several things
to pursue and enjoy the wellbeing life

By (the) fresh and balanced meals,
By regular exercising and life habit
By comfortable and cozy home,
By green mountains, pure water, and clean air,
By appropriate healthy food and nutrients,
By yoga, meditation, meditation in Zen Buddhism, and religion
Even as to
fixing the appearance by different kinds of plastic surgery.

피하여야 할 것도 많고
갖추고 해야 할 것도 많습니다.

그러나
하나님은
웰빙의 시작은
하나님과의 바른 관계 속에 있다 하십니다.

그것은
셔츠의 첫 단추처럼
모든 것의 기초입니다.

파자마

There are many things to avoid,
and even more things to prepare.

However
God says
the start of wellbeing is
in right relationship with God.

That is
like a shirt's first button,
it is everything's foundation.

저울질

내게 체중계가 있습니다.
아침저녁 저울질합니다.
그래서
먹고 마시는 것을 조절하여
표준 체중을 유지합니다.

주님께도 체중계가 있습니다.
아침저녁 저울질하십니다.
그래서
삶의 조건을 조성하셔서
영적 체중을 유지케 하십니다.

오!
주님!
나의 트레이너!

파자마

The Weighing

I have a scale.

In the morning and evening, I weight myself.

So

I watch what I eat

and drink and maintain a standard weight.

For the Lord has a scale too.

From morning to night, He weighs me.

So

He keeps up the spiritual condition of life's weight.

"Oh!

Lord!

My Trainer!"

어디 계십니까?

내가 죄 중에 있을 때 어디 계십니까?
나는 십자가에 있다.

내가 고난 중에 있을 때 어디 계십니까?
나는 너와 함께 있다.

나의 마음이 닫혀 있을 때 어디에 계십니까?
문밖에 서서 두드리고 있다.

나는 어디에 있습니까?
너는 내 심장에 있다.

오!
나의 주님!

파자마

Where Are You?

Where are you when I sin?
I am at the cross.

Where are you when I am suffering through a hardship? I am
always with you.

Where are you when my heart is closed?
I am standing outside the door knocking.

Where am I?
You are in my heart.

Oh!
My Lord!

하나

나는 네 안에 있다.
내가 너를 살고 있는 것이다.

너는 내 안에 있다.
너는 나를 살고 있는 것이다.

나와 너는 하나다.
나는 너와 동행한다.

파자마

One

I am inside you.
I am living you.

You are inside me.
You are living me.

You and I are one.
I accompany you.

아무도

아무도 없다.
아무도 나를 보지 않는다.

주님은 항상
나를 보고 계신다.

파자마

Nobody

Nobody is here.

Nobody is looking at me.

The Lord

is always

looking at me.

마음

보여진다고
본 것이 아니고

들린다고
들은 것이 아닙니다.

오직
마음이 머무는
것만
알 수 있습니다.

파자마

Heart

Just by seeing it

that does not mean we saw it.

Just by hearing it

that does not mean we heard it.

But

We can only know

that

our heart stays.

편견(1)

- 정현 엄마

정현 엄마는
용일 사거리에서 인천교 근처 직장까지 걸어서 다닙니다.

"참 건강을 잘 챙기는구나."

그러나
사실은 정현이가 우울증에 알코올 중독 환자입니다.
정현 아빠는 늙었고 수입이 없습니다.
그녀의 수입은 60만 원입니다. 20만 원은 카드회사에서 가져
갑니다.
사글세를 냅니다.
잔업이 없는 한 그것이 그녀의 수입의 전부입니다.

버스비 1,000원을 아끼려
그렇게
걸어다니는 것입니다.

파자마

A Biased View(1)

- Jung-Hyun's Mom

Jung-Hyun's Mom

walks from Yong il intersection to around the bridge of In Cheon, to go to work.

"I thought how well she cares for her health."

But

Jung-Hyun is a patient suffering from a depression with alcohol.

Jung-Hyun's father is aged and he has no income.

Her monthly income is 600, 000 won(600$).

The card company takes 200,000 won(200$) from her. She pays a monthly rent.

Unless she has overtime job, that amount is all of her income.

That is why she walks In order

To save 1000won(1$).

편견(2)
- 헌용

헌용은 사고를 당했습니다.
그의 지적 능력은 어린아이 수준입니다.

헌용과 그의 아내가 길을 갑니다.
헌용은 엄마와 함께 시장에 다녀오는 어린아이처럼 두 팔을
흔들며 저만치 앞장서서 신나게 걸어갑니다. 헌용 아내는 뒤
에서 양손에 무거운 쇼핑백을 들고 힘들게 따라갑니다.

"헌용이
지능이 떨어져서
힘든 아내의 짐도 들어줄 줄도 모르는구나.
야속한 사람."

그러나
사실은 헌용 아내가 아픈 남편이 안쓰러워서
무거운 쇼핑백을 혼자 들고 가는 것입니다.

파자마

A Biased View(2)

- Hun-Yong

Hun-Yong got into an accident.

And so his intellectual knowledge was the level of a child.

Hun-Young was walking with his wife on a road.

Like a child coming home from the market with his mom,

Hun-Yong swung his two arms and walked down the road joyfully.

Hun-Yong's wife hardly followed him from the back having two hands filled

with heavy grocery bags .

"Hun-Yong's intelligence lagged

and so he didn't know how to carry the groceries for his wife.

That cold hearted person."

But

actually Hun-Young's wife felt sorry for painful husband.

That is why she carried the heavy groceries all by herself.

편견(3)
- 찬정

찬정은
몸이 불편하여 힘든 일을 하지 못합니다.
계속 치료를 받아야 합니다.
아내도
몸이 허약하지만 남편의 치료비 등을 위하여
힘든 일을 합니다.

아내의 퇴근 시간이 되면
찬정은 특별히 볼일도 없으면서
집을 비우곤 합니다.

"그러지 말고
집에서 있다 아내가 오면 문이라도 열어 줄 것이지."

그러나
사실은 일에 지친 아내가 집에 와서
잠시라도 남편 신경 안 쓰고 쉬라는 배려였습니다.

파자마

A Biased View(3)

- Chan-Jung

Chan-Jung's

Body is inconvenient and so he can't do difficult work.

He has to get treatments continuously.

His wife's

body is weak and fragile too.

But in order to pay for her husband's medical bills, she does
the difficult jobs.

When it's time for her to get off work,

Chan Jung leaves his house even though

there is no particular reason.

"Instead of leaving,

he should at least stay home

and open the door for her when she comes home."

But

the truth is, it was Chan-Jung's consideration

to have his tired wife take a rest comfortably

without caring about him after coming home from the work.

오해

눈으로 본 것이,
귀로 들은 것이,
손으로 만진 것이,
나의 경험과 감정을 통하여 분석될 때
그것은
이미
본래의 것과 다르게 인식되지 않을까?

그래서
존재하는 모든 것에
더하지도 빼지도 말고
있는 그대로 보는 직관(주님이 보시는 바대로)이
필요한 것 아닐까?

파자마

A Misunderstanding

What your eyes see,

what your ears hear,

what your hands touch,

while analyzing through my experience and feeling,

that is

already

recognized differently from the original, isn't it?

So

everything existing

don't add or take out

with intuition to see everything as it is like the Lord looks at.

Isn't that all I need?

베드로의 닭

병원 뒷집에 닭이 있습니다.
조류인플루엔자로
도시의 닭들도 살처분되고 있습니다.
그런데도
그 닭은 시도 때도 없이 웁니다.
닭이 울면 베드로의 닭이 생각납니다.

닭이 울면
시련 앞에서 주님 사랑 잊고
힘들어하는 내 모습을 보며,
나를 사랑하시는
주님이 생각나 죄송하여 웁니다.

닭이 울면
기도하다 주님 약속 잊고
힘들어하는 내 모습을 보며,
나에게 언약하신
주님이 생각나 죄송하여 웁니다.

파자마

Peter's Cock

In the house behind the hospital is a cock.

Even the cocks have avian influenza and are disposed to live

in the city.

But still,

the cock keeps crying.

When the cock cries, it reminds me of Peter's Cock.

When the cock cries

I look at my self being tired from the trial.

I cry because I feel sorry

when I remember of how much the Lord loves me.

When the cock cries

I look at my self being tired for forgetting the Lord's promise

in a prayer.

I cry because I feel sorry when I think of the Lord who gave

the promise to me.

닭이 울면
주님 앞에서 했던 약속
지키지 못한 나를 보며,
네 의지로는 아니 되고 성령으로만 된다 하신
주님이 생각나 죄송하여 웁니다.

오늘도 뒷집 닭은
시도 때도 없이 열심히 웁니다.
목숨 걸고 나를 깨웁니다.

오!
나의 주님!

파자마

When the cock cries

I look at myself not to do the promise I made with the Lord. I
cry because I feel sorry when I think of the Lord who says
that it's not by my intention,

but it's the holy spirit makes up everything.

Today, the cock cries
without fixed time.
It risks it's life to wake me up.

"Oh!
My Lord!"

거짓말

나는 주님을 사랑한다고
자주 고백합니다.

그러나
나는 너를 사랑하지 못합니다.

그래서
주님을 향한 나의 고백은
거짓임이 드러났습니다.

나는 노래를 잃어버렸습니다.
나는 감사를 잃어버렸습니다.
나는 기쁨을 잃어버렸습니다.

나는 분명 너를 사랑하지 못해 병이 들었습니다.
나는 분명 주님의 사랑을 누리지 못해 병이 들었습니다.

오!
나의 주님!
나를 긍휼히 여겨 주옵소서!

파자마

A Lie

I confess frequently
that I love God.

However
I do not love you.

Therefore
my confession toward God
turned out to be a lie.

I lost song.
I lost thankfulness.
I lost joy.

I definitely got a sickness for not loving you.
I definitely got a sickness for not enjoying God's love.

Oh!
My God!
Please have pity on me!

주님께서 나를 용서하시고
내 모습 그대로 사랑하시는 것처럼
나도
너를 거부하지 않고 사랑하게 하소서.
사랑하기에 자유하게 하소서!

너를 사랑함으로
주님을 향한 나의 고백이 진실이게 하소서!

파자마

Like you forgave me

and love me as I am

let me not reject you.

and love you as you are!

because of loving, let me be freedom!

By loving you

let my confession toward God be true!

파자마

오늘 좀 늦게 일어났습니다.
샤워를 했습니다.
늦었을 때 하는 대로 먼저 와이셔츠를 입고 타이를 맸습니다.
그리고
묵상의 시간을 가졌습니다.

묵상 후 방바닥에서 잠옷 윗도리를 집어 옷걸이에 걸었습니다.
잠옷 아랫도리가 보이질 않았습니다.
침대에도, 옷장에도, 거실에도, 건넌방에도,
건조대에도, 욕실에도, 세탁기 속에도.
귀신이(?) 곡할 노릇이었습니다.

식사를 하였습니다.
양치질을 하였습니다.
옷장을 열고 바지를 꺼냈습니다.
 바지를 입으려고 보니
잠옷 아랫도리가 내 다리에 있었습니다.
기가 막혔습니다.

Pajamas

I woke up a little late today.

I showered.

I wore first my dress shirt and a neck tie as I do whenever I'm late.

And

I had some time to meditate.

After that, I picked up my upper part of pajamas lying on the floor

and hung it on the hangers.

But, my lower part of pajamas was not seen in anywhere.

Not on the bed, in the closet, in the living room, in room across,

not even on the stocks, in the bathroom, in the washer. It was mysterious happening.

I ate a meal.

I brushed my teeth.

I opened the closet and took out my pants. As I was about to put my pants on

I found the lower part of my pajamas on my legs. I was flab-bergasted.

햇빛과 공기와 물과, 먹고 마시고 입을 것을 주시고,
나를 구원하시고 나와 함께 하시며
나를 돌보시는 주님의 은혜를 입고 살면서,
은혜 속에 있는 줄 모르고,
쉽게 불평하고, 원망하고, 짜증내곤 하는 내 모습이었습니다.

오!
주님!
나를 용서하소서!
크고도 넓은 주님의 긍휼 기억하고 살게 하소서!

파자마

Giving me sunshine and air and water, food and drink,
something to wear,
Living by wearing Lord's blessings
such as saving me, being with me, and taking care of me. Not
knowing in His graces,
it was my looks that were easily complaining, hating, and
having an attitude.

"Oh!
Lord!
Forgive me!"
"Let me live remembering how big and wide your mercy is!"

망각

노래를 잊으니
감사를 잊게 되고

감사를 잊으니
은혜를 잊게 되고

은혜를 잊으니
말씀을 잊게 되고

말씀을 잊으니
하나님을 잊게 되고

하나님을 잊으니
나와 너를 잊게 됩니다.

파자마

Forgetting

Forgetting song,
makes me forget thankfulness

Forgetting thankfulness,
 makes me forget grace

Forgetting grace,
makes me forget words

Forgetting words,
makes me forget God

Forgetting God,
makes me forget you and I.

처음처럼

주님!
주께서 처음 제게 말씀하시던
그날!
저는 주님께서 실재하심을 깨달았습니다.

저와 온 세상은 간 곳 없고
오직
주님만 온 천지에 가득했습니다.

맑고 푸른 가을 하늘,
바람에 살랑거리는 나뭇가지,
새 소리.
다양한 모습의 사람들,

모든 존재가
은혜의 주님을 노래하였고
모든 존재가
소중하고 사랑스러웠습니다.

세월이 지나도
은혜의 주님 임재 아래,
처음처럼
기쁨과 감사와 긍휼의 마음으로
노래하며 살게 하소서!

파자마

As a first

Oh Lord!
On the day
you talked to me first,
I realized that you are really existing.

The world and me was disappeared,
Only
the Lord was full in all heaven and earth.

Clean and blue sky of autumn,
 Branches blowing by wind,
Sound of birds,
The people of varies shape,

All existing being
sang the gracious Lord,
All existing being
was precious and lovely.

Even time passes by
in the gracious Lord,
as a first
let me live singing with
joyful, thoughtful, and pitiful mind!

하나님 앞에서

나는 하나님에게
나는 내가 내 삶의 주인인 줄 알았습니다.
그래서 내가 원하는 대로 살았습니다.
그런 나는 하나님 앞에서 죄인이었습니다.
그러나 하나님은 나를 사랑하셨습니다.
예수님께서 나를 위하여
나를 대신하여 십자가에서 죽으셨습니다.
그래서
나는 하나님의 전부가 되었습니다.

나에게 나는
나는 죄 사함을 받았습니다.
내게는 영생이 있습니다.
나는 하나님의 아들입니다.
내게는 하나님의 나라가 있습니다.
나는 성령님과 함께 있습니다.
내게는 평안이 있습니다.
이전의 나는 내가 아닙니다.

파자마

In the Presence of God

I am to God

I thought I was the owner of my life.

So I lived the way I wanted to.

That is why I am a sinner to God.

But God still loved me.

Jesus died for me on the cross.

Therefore,

that is why I have become everything of God.

I am to me

I received forgiveness of my sins.

I have an eternal life.

I am God's children.

The kingdom of God is within me

I am with the Holy Spirit.

I have peace.

I am no more like before.

하나님은 나에게
하나님은 내 삶의 주인이십니다.
하나님은 내 삶의 전부이십니다.
하나님은 내 삶의 목표이십니다.

과연 그러한지
내가 지금 사는 이유가
성장(예수 그리스도 복음 전도)과
성숙(예수 그리스도를 닮아감)을 위함인지
순간마다 점검합니다.

파자마

God to Me

God is the owner of my life.

God is everything of my life.

God is the goal of life.

If it is

The living is

to grow up (with preaching the gospel) and

to mature (becoming conformed to the image of Christ) or not.

Every second I check.

사춘기

어른들은 이런 질문은 사춘기에나 하는 것이라 합니다.

나는 누구일까?

나는 어떻게 존재하게 된 것일까?
내 부모님이 만드신 것일까?
나는 무엇을 위해 살아야 하는 것일까?
나는 왜 이 일을 하는 것일까?
나는 왜 돈을 모으는가?
나는 왜 건강을 챙기는가?
나 죽은 후엔 어떻게 되는 것일까?

내가 알 수 있는 것은
단 하나도 없습니다.
다만
순간순간 나를 인식할 뿐입니다.

오!
주님!
주님은 이 모든 질문의 답이십니다.
주님은 내 삶의 시작입니다.
주님은 내 삶의 목표입니다.
주님은 내 삶의 끝입니다!

파자마

Adolescence

Adults say these kind of questions are asked during adolescence.

Who am I?

How did I become to exist?
Did my parents make me? What do I have to live for?
Why do I have to do this work?
Why do I collect money?
Why do I take care of health?
What happens to me after I die?

There is nothing
that I know.
Only
time to time I just perceive myself.

Oh!
The Lord!
The Lord is the answer to every question.
The Lord is my life's beginning.
The Lord is my life's goal.
God is my life's end!

은혜

이 땅에서 그리고
천상 천국에서
주님의 자녀로 영원히 선택된 존재라는 것이.

이 땅에서 누리는 모든 것이
이 땅에서 겪는 아픔조차

값도 없이 공로 없이
다만
주님의 사랑하심과 신실하심으로
허락되었다는 것이.

그래서
나로 모든 피조를 향하여
감사와 긍휼로 대할 수밖에 없게 하시는
내가 이 세상을 젖은 눈과 애린 마음으로
살 수밖에 없게 하시는

그런 주님의 은혜!

주님!
내가 무엇을 더 바라리요?
주님!
감사해요!
그 크신 은혜!

파자마

Grace

On this earth and
in the kingdom of God.
I live to be chosen forever as children of the Lord,

Everything that is looking for blessings on this land and even
suffer.

Without a price, without merit
Merely
it's only given with Lord's love and faithfulness.

Therefore
letting me be toward all creature,
have nothing but to treat with thanks and compassion,
you make me live with wet eyes and pained heart.

So the Lord's grace!

"Lord!
What else could I ask for?"
"Lord!
Thank you! Your great grace!"

삶

원망하고 탓하지 않고
범사에
주님 인정하고 감사하게 하소서.

비판하고 정죄하지 않고
주님 앞에
겸손하고 긍휼히 여기게 하소서.

염려하고 두려워하지 않고
모든 것을
주님께 맡기고 담대하게 하소서.

파자마

Life

Without complaining
In everything
Lord, let me acknowledge and be thankful.

Without criticizing or condemning
before the Lord
May we be humble and merciful.

Don't worry or be afraid
everything
Leave it to the Lord and give me courage.

권리

노력해도 벗어나지 못하는
가난으로 힘들어하는
그 앞에서
치유될 수 없는 말기 암으로 고통받는
그 앞에서,

지금 내가
누리는 건강과 안락함이
내가
그래도 그보다 선하고 능력이 있어서인가?
그가
적어도 나보다 악하고 무능력해서인가?

그러나
하나님 앞에 죗값을 치르자면
내 목숨으로도 부족하여
저 음부에서 영원한 대가를 치를 몸 아닌가?

다만
주권자이신 하나님의 영원한 뜻을 따라
주어진 분복인 것을.

그럼에도
내가 이루어 낸 것인 양 까붑니다.

파자마

A Privilege

In front of Him,
who feels difficulty for poverty that
he couldn't get away even trying the best
In front of Him,
who feels pain for incurable cancer,

Now
Is my health and comfort
that I am enjoying
because
I am good and capable more than him?
because
he is more evil and incapable than me?

However,
If I pay for a price of my sin in front of God,
my life will even be insufficient to settle.
And so won't I be put in the hell forever to be paid for the price of it?

Just
these blessings are given
by according to the eternal purpose of the superior God.

By the way
I act careless like I get them by my strength and effort.

하나님의 은혜

사람이 꼭 기억해야 할
세 가지 하나님의 은혜가 있습니다.

첫째, 구원하시는 은혜입니다.
사람은 모두 죄인입니다.
죄의 삯은 사망입니다.
예수님이 그 죄를 대신하여 죽으셨습니다.
하나님은 우리로 예수님을 구원자로 믿게 하셔서 우리를
죄와 심판과 사망으로부터 구원하십니다.

둘째, 산 소망을 주시는 은혜입니다.
예수님은 정하신 때가 되면 이 세상에 다시 오십니다.
그때 우리는 영생의 몸으로 변화(부활)됩니다.
우리는 하나님의 나라로 가게 됩니다.
우리가 주님을 위하여 행한 일에 상급을 주십니다.
이 소망들은 결국 썩어 없어질 세상의 무엇과도
비교할 수 없는 귀하고 영원한 것입니다.

셋째, 함께하시는 은혜입니다.
하나님은 온 세상을 다스리시는 가장 큰 왕이십니다.
그 하나님께서 언제 어디서나
우리들을 크신 권능으로 함께 하시면서 돌보아 주십니다.

파자마

God's Grace

There are three things a person should firmly remember about God's grace.

The first is the grace of salvation.
Every human being are sinners.
The wages of sin is death.
Jesus died for our sins.
By making us believe Jesus as our savior,
God saves us from sin, judgment and death.

The second is the grace giving us the living hope.
Jesus will come to the world again when the designated time comes.
Then our body will resurrect (be changed) to spiritual body.
We will enter the kingdom of God.
God will award us for doing God's work.
These hopes are precious and eternal which are not to be compared to anything
in this world that will be rot and gone.

The third is the grace that'll be with us.
God is the king of Kings that rules everything in this whole world.
With the power he has, God is looking after us and with us everywhere whenever.

하나님은 우리가 예수님이 다시 오시는 그날까지
그 은혜를 기억하고
모든 일에 감사하고 항상 기뻐하며
서로 용서하고 사랑하며 살기를 원하십니다.

지금 이 은혜가 마음으로 믿어지면 이렇게 하나님께 말하세요.
"하나님.
저는 죄인입니다.
지금 예수님이 저의 구원자이심을 믿습니다. 이제부터 예수님을
저의 삶의 주인으로 모십니다."

그리하면
그 은혜를 누리는 하나님의 자녀입니다.

파자마

Until the day Jesus will return, God wants us to live by forgiving, loving, remembering the grace, giving thanks for everything, rejoicing always, forgiving, and loving each other.

If you believe in this grace, then say this to God. "God.
I am a sinner.
I believe that Jesus is my savior.
From now on I will receive Jesus as the owner of my life.

Then you are God's children enjoying with His grace.

이 땅에 사는 동안

이제부터 이 땅에 사는 동안

주님께서
"너희는
모든 악독과 노함과 분냄과 떠드는 것과 훼방하는 것을 모든
악의와 함께 버리고,

서로 인자하게 하며 불쌍히 여기며,
서로 용서하기를
하나님이 그리스도 안에서
너희를 용서하심과 같이 하라.

그러므로
사랑을 입은 자녀같이
너희는 하나님을 본받는 자가 되고,

그리스도께서
너희를 사랑하신 것같이
너희도 사랑 가운데서 행하라.

파자마

While living in this earth

From now on, while living in this earth,

The Lord said,
"Get rid of all bitterness, rage, and anger, brawling and slander,
  along with every form of malice.

Be kind and
compassionate to one another,
forgiving each other,
just as in Christ God forgave you.

Be imitators of God,
therefore,
as dearly loved children

and
live a life of love,
just as Christ loved us

그는
우리를 위하여 자신을 버리사
향기로운 제물과 생축으로 하나님께 드리셨느니라."라고
(에베소서4장 31절-5장 2절)

말씀하신 대로 그렇게
주님과 사람 앞에 살게 하소서!

오!
나의 주님!

파자마

and gave himself up for us

as a fragrant offering

and sacrifice to God."

(Ephesians 4:31~5:2)

"Like You said,

so

may I live life before the Lord and the person."

"Oh!

My Lord!"

마지막 기도

주여!
나를 긍휼히 여기소서!
죄인입니다.

주님!
나를 부탁드립니다!
아들입니다.

파자마

Last Prayer

Lord!

Please have pity on me!

I am a sinner.

Lord!

I am trusting myself to you!

I am your child.

기다림

오늘도
기다립니다.

파루시아!
"내가 속히 오리라!"

.

.

.

.

.

.

마라나타!
"아멘! 주 예수여! 오시옵소서!"

.

.

.

.

.

.

나의 주님!

파자마

Waiting

Today
I have also waited.

Parousia
"I am coming soon!"

.

.

.

.

.

.

Maran ata
"Amen! Lord Jesus! Please Come!"

.

.

.

.

.

.

My Lord!